红裙和黄衫

郑建强 著

北方文艺出版社

图书在版编目（CIP）数据

红裙和黄衫 / 郑建强著 . -- 哈尔滨 : 北方文艺出版社，2019.8
ISBN 978-7-5317-4580-8

Ⅰ . ①红… Ⅱ . ①郑… Ⅲ . ①诗集 – 中国 – 当代
Ⅳ . ① I227

中国版本图书馆 CIP 数据核字（2019）第 125670 号

红裙和黄衫
HONGQUN HE HUANGSHAN

作　者 / 郑建强
责任编辑 / 富翔强
封面设计 / 琥珀视觉

出版发行 / 北方文艺出版社
发行电话 /（0451）85951921 85951915
地　址 / 哈尔滨市南岗区林兴街 3 号
邮　编 / 150080
经　销 / 新华书店
网　址 / www.bfwy.com

印　刷 / 哈尔滨市道外区铭忆印刷厂
字　数 / 80 千
版　次 / 2019 年 8 月第 1 版
开　本 / 880mm × 1230mm　1/32
印　张 / 7.5
印　次 / 2019 年 8 月第 1 次印刷

书　号 / ISBN 978-7-5317-4580-8
定　价 / 42.00 元

序：涌动在心中的生命诗情

杨川庆

20世纪八十年代是中国文学的繁荣时期，也是新诗彰显魅力的纯真年代，特别是朦胧诗在大学校园十分盛行。那个时期的大学生，无论是学文科的还是学理科的，普遍都爱好文学，对文学有着发自内心的尊崇，喜欢读诗歌、小说、散文和报告文学。学习与交流的氛围也很好，爱好文学是同学之间交往的万能通行证。在那个时代，即使互不相识的两个人，只要谈起文学，就会骤然间消除陌生感，拉近彼此的距离。

我和建强就是在这样的时代背景下认识的。我在黑龙江大学中文系上学，建强就读于哈尔滨师范大学中文系，我是八〇级学生，比建强他们的八一级早毕业一年。大三的时候，我们俩一见如故，彼此性格相似、志趣相同、认识一致、话语投机，交流了很多文学方面的看法和体会，为我们三十多年的友谊打下了良好的基础。1984 年大学毕业时，建强花四元多买了一套罗曼·罗兰的《约翰·克利斯朵夫》送我留念，我当时很感动。要知道我们都出生于工人家庭，每个月家里寄来的生活费也不宽裕。我估计这套书用了他一周左右的生活费，这一周他得节衣缩食。我很喜欢这套上海译文出版社出版的绿网格封面的《约翰·克利斯朵夫》，只是当年手头拮据没有买。建强送的这套书，我很喜欢，也很珍惜，至今已经翻看不下四遍。这些年搬了几次家，每次搬家时我都先把这套书收好，然后再重新摆放到书柜的显要位置。

毕业后的这些年，我们工作在不同部门、不同岗位，但始终没有中断交往，时常通个话，彼此问候一下。隔段时间就和我们熟悉的朋友聚一聚，交流交流对文学、对当今人和事的看法。我们有一个共同的爱好，那就是买书藏书，都喜欢逛书店，遇到好的书就给彼此带上一本。我喜欢收藏老版本的书籍，这些年下来收藏成果自以为丰硕，这也得益于建强这位老友的支持，他把自己收藏的而我没有的老版书籍送给了我，使我感受到爱书人才有的那种挚诚与厚重。我每次出版新书，都要告知建强并送他惠存指教，他出新书也都送我。写到这里，我扭头望望书柜，总能找到他的书摆放的位置。

通过三十多年的交往，我感觉建强意志坚定、坦诚善良、谦虚低调、学养深厚，他是我所认识的诸多朋友中最勤奋好学的，始终读书不倦，笔耕不倦。去年，我们在一起盘点这些年读的书，建强回顾了一下，他说上大学至今读的书有 1500 本之多，仅为写作《美国学习散记》就阅读了 100 多本参考书。乍听起来他的读书数量有些惊人，仔细算一算也不值得大惊小怪，平均下来一年也不过读了 40 多本。2013 年世界读书日那天，一篇关于介绍世界各国国民读书情况的文章，给我留下了深刻印象。据那篇文章介绍，犹太人每人年均读书 64 本、居世界第一位，德国每人年均 47 本，日本每人年均 40 本，法国每人年均 20 本，韩国每人年均 11 本，中国每人年均不足 5 本。从这个数据看，国人的年读书数量实在太少，这也是社会浮躁的一种表现吧。书籍是精神食粮，文化知识积累厚薄决定一个人的发展后劲，我感觉建强这些年一步一个脚印走到今天，体现了其扎实厚重的持续功底。

看建强的随笔和散文比较多，感觉他的散文思路开阔，阅识广博，文笔老道，语言凝练，写得耐人寻味，意蕴绵长。对他的诗歌，我以前读得不多，只读过十几首，感觉写得不错。而他本人则称其诗不足挂齿，自觉惭愧，很是谦和。这次，我认真阅读了他这些年积攒的一百多首诗歌，对建强的才情、诗情有了新的认识，感觉他的创作沉稳坚健、厚积薄发，感觉他的诗歌哲思敏阔、灵动明澈、清纯蕴藉，略带淡淡的怅惘之情。

在《红裙和黄衫》这部诗集中，我们能依稀追寻到诗人对生命感知的历程，《快乐的童年》《捡烟盒》《年少爱踢球》《新年的企盼》《家里的缝纫机》《难忘的老榆树》把我们带入共同经历的童年，《校园的早晨》《大学图书馆》《操场偶记》《校园小路》《欢乐的太阳岛》《红裙和黄衫》让我们领略了大学校园的青春气息，《那一年的桃花园》《还俗》《承诺》《明信片》《她和他》《爱情之源》《不再有你的背影》《我都不记得了》 写出了爱情的纯真美好和淡淡感伤，《孔子的功名》《默想老聃》《王维的禅意》《东坡咏叹》《隔代梦窗》表达了对古代先贤的嗟叹，《巨擘卡夫卡》

《萨特的良知》《马尔克斯的孤独》《无根的昆德拉》《乔伊斯的执着》展现了对世界文学大师的致敬和思辨,《凯旋门咏叹》《沧桑威尼斯》《维也纳印象》《罗马散曲》《阿根廷探戈》《纽约变奏曲》使我们领略诗人对外国风物敏锐的感受,《周庄速写》《在宏村安家》《青城山之幽》《西湖道不尽》《阳朔西街的夜晚》道出了南国风情的温婉体验,《牡丹江》《中央大街》《静默的呼兰河》《天赐黑土》《绥化晨曲》浓缩着诗人对龙江的挚爱之情,《孤独》《局限》《根的意识》《哭与笑》《太阳的脚步》《虚度时光》《闲来翻书》《坐在窗前》《底仓》《人生下半场》《番号:一九六三》渗透着作者对人生命运的深深思考。

建强的一些诗富有哲思的意味。例如《凯旋门咏叹》中的诗句:生命的杯盘/盛不满历史的水墨/凯旋的大门/透不全人生的风雨/时代的烤箱/蒸腾不尽成败的烟云。例如《默想老聃》中的诗句:我在茶馆看《老子》/他在深奥章节里神秘微笑/大道至简大象无形大音希声/水为何利万物而不争/淡泊心宽逐利气生/沉浮得失尽在苦茗中。例如《东坡咏叹》中的诗句:飞鸿踏雪/你踌躇满志出川/回望故乡知否/此生是踏不尽的沟坎/谁是谁的地天。

例如《巨擘卡夫卡》中的诗句：在篱笆林立的荒诞世界里 / 人们不断地异化着 / 你我都穿不透彼此的隔膜 / 只能自己对自己诉说。

建强的一些诗蕴含禅意的清雅。比如《王维的禅意》中的诗句：空翠的山涧，鸟鸣过后 / 你能听到树叶折断的声音 / 轻抚古琴流溢悠悠韵律 / 香炉顶出袅袅白烟 / 竹席爽滑，怀恋着青绿 / 你能感到桌上月光的重量。又如《在中午阳光下》的诗句：手中的书像道具 / 失去了阅读的意义 / 我想愉快地浪费时光 / 上山的路很累 / 我不知道怎样爬过的 / 翻书的声音很好听 / 碰伤了某段记忆 / 盆里的兰花又出新芽。再如《坐在窗前》中的诗句：风轻轻搜刮着你的心事 / 记忆像书翻到空白处 / 烦恼如晒干的白菜 / 轻飘飘只有绿的概念。

建强的一些诗深得朦胧诗的韵致。请看《孔子的功名》中的前四行：不朽的欲望 / 在竹简中繁衍 / 列国风尘 / 卷不走功名的长衫。请看《沧桑威尼斯》中的这几句：偷来的神圣 / 转换了城市信仰 / 终日与水为伴 / 潮湿在楼宇间扩张 / 钱币凝缩成枷锁 / 困住商人仅有的善良 / 总督私下倒卖荣耀 / 诱惑侵蚀着月光。请看《维也纳印象》这段：管风琴烤干天边音符/五线谱在回忆/飘零的落叶追逐着/大师们凝神喘息/喝一杯红酒吧/滋润一下弹奏的手指/抖落滚滚红尘/以无形的笔写意/将激情融入旋律/从细胞中挑剔灵感……再看《孤独》中的诗句：记忆的鼠标不断失控 / 将我变成永久的慢动作 / 心在漂浮中老去 /……先哲在经典中演讲/孤独像橄榄枝/成为沉思的帮凶。

建强的一些诗时有恰切的妙语。请听《坐在窗前》中的诗句：窗外一对情侣在拌嘴 / 重复着我在那个年纪的情景。请听《我都不记得了》中的诗句：她打来电话 / 他能感到 / 对方熔化手机的温度。请听《灯下静读秦少游》中的诗句：把一生落寞的感伤/温柔地拉成蚕丝模样/莹莹丝线，根根都有/情的质感，愁的分量。再听听《周庄速写》中的诗句：沈家套宅很内敛 / 像个储蓄罐 / 口是小的。最后听听《阳朔西街的夜晚》中的诗句：现代人心累，疲于奔波 / 像装卸工，把压力扛来扛去 / 不知哪天的什么，会成为/压垮你的最后一根稻草。

建强的爱情诗写得别有格调。在《红裙和黄衫》中写一对大学生淡淡的爱恋，写得清清纯纯；《那一年的桃花园》写一个错过情缘青年悠悠的感伤，写得一波三折，荡气回肠;《还俗》则想象新颖，写一个为情出家的年轻女子又为情还俗的抒情故事，写得真挚感人;《承诺》抒发了一个在草原追踪恋人的青年的心声，前后呼应，情义绵长;《明信片》写得含蓄朦胧，令人遐想;《雨中的那天》写得如诗如画，写得青春四溢;《她和他》写 得清清爽爽，情趣盎然;《不提从前》写失恋的感伤，过去的永远过去了，不应再提从前;《另一种心声》写得很别致，抒发一个始终不息浪漫之火的中年人的情怀和感觉。建强的爱情诗篇幅不长，结构精致，很有文采，读余音袅袅，荡气回肠。

在众多艺术体裁中，诗歌具有其特殊性，意象蕴藉，句段神联，需要慢慢地琢磨，细细地品味，长长的深思。建强的诗是从心底里洋溢出的韵律，凝缩了其对人生的思寻，质量颇高，值得一读，你在他的诗中会找到你的影子，会通过他的诗品味出你曾经的感受。

2019年2月10日于阚江居

杨川庆，著名诗人、作家，现任绥化市委常委、纪委书记、监委主任。

目录

童年忆旧

青春逐梦

爱情遐思

感悟先贤

域外风物

好山秀水

运命吟咏

童年忆旧

村边小溪

记得村边
那条小溪吗
水流清澈
像我们的双眼
小鱼在溪里
欢快游弋
招摇的水草
是那样新鲜
我用背心
你用手帕
兜起小鱼做伙伴
除了湿透的衣衫
还有我们
无邪的笑脸

我走进城市
遥看家乡
小溪却没了
儿少时的容颜
它在不断回望中
不断萎缩
一点一点
变浊变浅变枯干
小鱼和水草
走进记忆
河底的鹅卵石
曝晒蓝天

你青丝中
夹杂了白发
坐在那小溪边
望眼欲穿
你总是对我说
梦想有一天
干涸的小溪

重焕旧颜
小鱼和水草
从记忆中逃回
溪水清澈
像我们的双眼

难忘的老榆树

房前老榆树
枝叶繁茂
蔽日又遮天
小强小明和小红
三个童年伙伴
围着老榆树
捉迷藏唱儿歌
他们常为
争荡秋千吵架
转身之间
就握手言欢
又在一起
写作业学画画

老榆树的夏夜
是大人们的天下
拢起驱蚊篝火
一边聊天
一边喝着茶
孩子们
欢喜冬天时节
在老榆树下
堆雪人打雪仗
枝枯枝绿一年年
老榆树陪伴
他们长大

造城运动凶猛
吞没了乡愁
老榆树悄然倒下
他们的履历中
永远铭记那一段
关于老榆树下
永远的童话

快乐的童年

在无忧无虑的童年
最喜欢夏天和冬天
夏天有重重梦幻
冬天有无尽的企盼

房前丛丛花朵
开得是那么娇艳
远望城区周边
皆是绿葱葱的群山
山下草丛里
田地树林间
蝈蝈和飞鸟儿
鸣叫着夏天

芳草里野花盛开
蝴蝶起舞煞是好看
采点野菜和野果
青涩的蓝莓好酸好酸
捉几只蜻蜓，逮几个蟋蟀
雨后的彩虹最绚烂

弹溜溜，滚铁圈
小伙伴一起摔泥泡
扇烟盒，打弹弓
看着纸飞机漫天飘
捉迷藏不慎扭伤了脚
装着坚强不哭闹

冬天里的乐趣
不比夏天少多少
堆雪人，打出溜滑儿
拉着爬犁四处奔跑
抽冰尜，打雪仗
汗水湿透了新棉袄

女孩们胆子太小
捂着耳朵来听鞭炮
穿着花衣，扎着红头绳
小辫翘得太高傲
她们跳皮筋，玩翻绳
还蹑手蹑脚躲猫猫
丢手绢，攒糖纸
跳格的姿势很好笑
对女孩们的游戏
我们从不正眼瞧一瞧

光阴荏苒流水无声
往昔已走得越来越远
纵使在耄耋之际
还会谈起纯真的童年

捡烟盒

烟标又叫烟盒
儿时积攒了很多
时常翻阅它们
脸上洋溢自足的喜色

这些七彩的烟盒
在父亲单位车库捡的
每当列车检修回库
我就悄悄溜进车厢
在刺鼻的烟味中
匆忙地搜寻着
每次都有小收获
蝶花握手大前门
凤凰迎春还有海河

将皱巴巴的烟盒
泡在盆里慢慢洗搓
在玻璃窗上晾干
夹进书里平展了许多
把烟盒分门别类
慢慢欣赏细细琢磨

泛黄的烟盒
嵌满了儿时欢乐
烟盒是我生命中的
浪花朵朵

冬天，松树下

我家的西边
有片茂密的原始丛林
松树长得又粗又高
与智取威虎山的景象
一模一样
树下空间很宽敞
那是我们游戏的天堂
演杨子荣抓土匪
学座山雕搞百鸡宴
堆完雪人打雪仗
拉着爬犁在雪地奔驰
来来往往忙个不停
北国冬天在笑声中定格
在生命中珍藏

年少爱踢球

小学喜欢体育课
姓田的老师很懒散
不教广播体操
也不搞队列训练
他只给我们一个足球
让我们随便玩玩
一群蜂拥的乌合之众
抢球似强盗一般
手脚并用玩得不亦乐乎
汗流浃背灰头土脸
玩着玩着
明白没有规矩不成方圆
玩着玩着
知道了其中奥妙

在比赛中获胜
靠的不是脚法熟练
没有团队协作
不会打开胜利局面
融入集体才能发展自己
这是百试不爽的经验

喜欢下雪天

我和小伙伴们
喜欢冬季的
下雪天
风中的雪花
洋洋洒洒
飘荡着
清纯梦幻
迷蒙的人影
断续闪现
看不见周边的
树木和远山
雪球滚得
像巨大元宵
雪仗打得

地覆又天翻
堆个红鼻子雪人
手拿笔和纸
让他算算
一加二得不得三
爬犁从雪坡上
疾驰而下
穿过风雪雾霭
奔向希望的春天

爱吃土豆

土豆，土豆
我的亲亲土豆
宁肯舍弃鸡鸭鱼肉
也难舍这种食物
年幼的时候
妈妈在做饭前
往灶坑里扔进土豆
饭菜好了
土豆也熟了
拨开麻皮
清香钻入脾胃
起沙松软又润滑
美滋又美味
令我回味又回想
我是土豆命
土豆是我
不结尾的生命诗

爬犁，爬犁

小时候家里
有好几张爬犁
爬犁，爬犁
童年欢乐的标记

我曾拉着它
在雪地里疯跑
我曾拉着它
帮大人干杂活
用爬犁
拉走门前的积雪
用爬犁
买粮买柴买年货
用爬犁
拉着奶奶兜风
用爬犁

拉着姥爷上厕所

表姐下乡插队
临行的那个大雪天
哥哥拉着表姐
我拉着她的行装
一直把表姐送上
贴满红标语的列车

爬犁是那个时代
最好的玩具
拉着爬犁十分神气
坐上爬犁更得意

爬犁载满
童年的往事
怎么走也
走不出我的记忆

飞奔的火车

飞奔的火车
赶走乡村旧梦
草地被连根翻卷
在喧嚣里挣扎
孩子们嬉戏在
轨道裁剪的杂丛间
黄沙抖动
打伤了太阳的脸
枯枝遥望
远去的列车
想起和煦的春天

新年的企盼

当头上的白发泛起
童年的记忆十分清晰
最盼望的好日子
是每年春节的来袭
没有心事也没有烦忧
想要书本想要橡皮

春节的时候
我穿上妈妈做的新衣
提着灯笼跑东窜西
鞭炮得拆开单放
红红的炮皮散落一地
平时少见的肉香
可以尽情吃起

盼望得到压岁钱
买喜欢的东西

当头上的白发又多起
童年的鞭炮声永不散去

家里的缝纫机

家里的缝纫机
比我的年纪还大
虽已“年过花甲”
依旧老当益壮
几经搬迁
妈妈也没舍得丢弃
缝纫机是家里的宝贝
妈妈最好的帮手

小时候最忙的
要数这架缝纫机
妈妈亲手为我们
缝制的衣裳
在我们淘气中

被弄得漏洞百出
常见她在灯下
缝补的身影
和缝纫机嗒嗒的响声

每次回家过年
总要看看它的模样
缝纫机依旧默默不语
像忠实的仆人
陪伴着孤独的妈妈
伴随她老人家
从青丝到白发

妈妈的手

妈妈的手不漂亮
又短又粗
有些弯曲有些红肿
由于常年劳作
患了风湿症
阴天十分痒痛

姥姥瘫痪在床
妈妈三九天也要
给姥姥洗洗涮涮
冰冷的水把妈妈的
手指冻得僵红
妈妈伺候整十年
直到姥姥寿终

妈妈结婚时
已过二十六岁
十足的大龄

妈妈没有正式工作
除打零工外
家务活计
都要她承担
每到伏天
妈妈睡得很晚
为我们驱赶蚊蝇
消热扇扇
冬天买米买面
洗衣做饭
还要烤干我们
潮湿的鞋垫

上了大学
妈妈对我依然挂牵
为我做的棉裤
很厚也很暖

妈妈夏天卖冰棍
冬天烧锅炉
贴着胶布的双手
累得不能打弯
假期我和小伙伴
东跑西颠
醉酒后看到妈妈
用手擦着泪眼
返校时透过
不断飞闪的车窗
看见妈妈向我招手
久久站在路边

这些年忙忙碌碌
很少回家探望
憨厚的老爸老妈
有了孩子才
知道父母的恩泽
就算再忙
也要陪爸妈过年
透过返程列车

飞闪的车窗
看见挥手的妈妈
那风中的白发
妈妈的手
布满了沧桑
浸满了
殷殷的母爱

沉默的父亲

父亲出身木匠
内向性格
在节假日总是
做些木工活
累了就蹲在地上
卷起旱烟
默默地望着
刚做好的木桌
我刻了把小木枪
放学回家看到
它被父亲
刷成了黑色
晚饭以后
父亲打开收音机

跟我们一起
收听小说连播

每年春节
父亲做灯笼
哥仨人手一个
寒假结束
父亲就骑车上街
给我们买本
买笔和文具盒
当我拿回
三好学生奖状
父亲双手颤抖着
脸上现出欢乐

上大学
父亲嘱咐我
用心学习
参加工作
父亲要求我
踏实干活

有了家庭有了孩子
父亲对我说
遇事要从容淡定
不要怕过坎爬坡

敦厚善良的父亲
像座山像条河
勤劳朴实的父亲
平凡中包含高尚品格
他如今永远
走进了我的思念
他当年的话语
依旧掷地有声
犹如那千钧秤砣
父亲永远是我
人生的楷模

青春逐梦

校园的早晨

没有公鸡叫
我们也一样起得早
苏醒的校园里
掀起青春的波涛
晨练和晨读的旋律
增添校园的美妙
文史楼前丁香树下
诵读的学子书声琅琅
图书馆的台阶
被“花裙们”铺展得
分外美娇
绚烂的校园早晨
看谁的青春
书写得更加美好

大学图书馆

入学初到图书馆
这里一切都新鲜
阅览室很静
掉一根针都能听见
心无旁骛的学子
在绿色桌上阅读演算

她在我的对面
披肩长发红润的脸
她抬头向我微笑
我的书此后没再翻篇
铃响后她又冲我笑
我身后的男生走到她身边
他与她挽手悄然而去

我顿在那尴尬的瞬间

此后再去图书馆
书在手中时时翻卷
不知周边有何人
心思笃定气定神闲

欢乐的太阳岛

这是一个阳光灿烂的星期天
同学们到太阳岛去游玩
女同学穿着漂亮的花裙子
男同学换上干净的衣衫
渡船坐得好悠闲
伴着欢笑来到北岸

在太阳岛石碑前合个影
在野花盛开的草地上聊天
柳树和老榆树间
时时闪动着我们的笑脸
到江湾里戏水
去松花江上划船
骄阳照耀着我们青春的臂膀

把梦想的脚印留在沙滩

在树荫下的绿草地
我们开始丰盛的野餐
举起杂色的缸子
将啤酒一口气喝干
唱起《太阳岛上》
朗诵喜爱的诗篇
我们友谊地久天长
直到海枯和石烂

端午节忆屈原

薄雾浸染着端午清晨
起床后仍感困倦
我们走进校外
那片白桦树林间
晨露打湿裤脚
滋润着笑脸
采完艾蒿和鲜花
大家手拉手围成一圈
不断有人在中间
轮流朗诵《离骚》片段
长叹兮涕泪涟涟
难酬精忠报国的誓愿
贫富都应兼济天下
不要忘记永远的屈原

文史楼前丁香树

春暖花开时节
教室里飘来阵阵
丁香的芬芳
文史楼前的丁香树
勾起我多情的感伤
想起戴望舒和他的雨巷
想起丁香一样的姑娘
那迷蒙略带幽怨的画面
一曲不衰的乐章
每当路过楼前的丁香
就会泛起无限怅惘

操场偶记

你穿着红色风衣
在蓝黑色的人潮中
显得格外耀眼
犹如万绿丛中一点红

在嘈杂的酒吧里
萨特在那个角落专心写作
嘴角的烟斗烟雾缭绕
仿佛喧闹的气氛并不存在

我在热闹的操场边看书
眼睛时不时地张望
想保持定力却心里长草
凡人与伟人就是不一样

红裙和黄衫

校园盛夏的清晨
杨柳在薄雾中微微摇动
她那红裙在林间隐现
洋溢着恼人的风情
这风情让他遐想
荡起了心中的朦胧

盛夏清晨的校园
薄雾在绿草地上飘荡
他那黄色球衫格外显眼
构成一幅青春的景象
这景象使她神往
默默地写在日记上

有一天注定有这么一天
红裙黄衫飘到一起互吐心声
他说，你扮靓了我的景
她说，你布满了我的梦

痴情永久

记得你银铃的笑
还有那首关关雎鸠
那年拂晓的朦胧惦念
染黄了当下的深秋
如今的大学校园
不见了榆树杨柳
操场被房舍鸠占鹊巢
不见了标枪和篮球
曾经的试验田
长满了密匝的高楼
道路漫漫，岁月蹉跎
眼角眉梢尽是生活烦忧
终生不忘，痴心不改
是那烈酒般的追求

校园冬夜

喜欢冬天的月夜
和那洁白纯纯的月亮
萤色月光静静洒落
洒落在小路房屋和树木上
宿舍透着昏黄灯光
滋润着缕缕怅惘
想起陀思妥耶夫斯基
那白夜的爱之感伤
不如意尽显命运本真
我们在苦乐中穿梭游荡
漫步在林间小路
树枝将天空织成密网
网住了许多故事
那故事里定有缤纷希望

校园小路

作为学子最后一次
在这条小路上盘桓
校园记忆不断闪现
心中有说不清的伤感

就要告别校园了
我想用脚印收集留恋
可记得我的笑语
可记得你飘摆的裙衫
多少次脚步匆匆
为了追赶宝贵的时间

就要告别校园了
我想用脚印丈量缱绻

路旁依依的杨柳
挽不住时光的无情荏苒
从这条小路出发
不知未来是何等地天
就要告别校园了
我想用脚印写下纪念

同窗好友

你是我
相识的亲兄弟
你是我
臂膀的不断伸展
你是我
同窗四载的知己
你是我
运动场的互助伙伴
你是我
履历的见证人
你是我
知难而进的腰杆

你是我，我是你
我是你助阵的号手
我是你，你是我
你是我终生的挚友

梦中女生

你是初春的
蓓蕾
你是玫瑰的
芬芳
你是校园
清纯的回音
你是大学
最美的风景线

你是我
阅读经典的书香
你是我
欣悦的源泉
你是我

悲苦时的冰糖
你是我
情不自禁写下的诗行
你是我
记忆里永远的牵挂
你是我
今生无悔的守望

我们的空间

开启这个微信群
拓展了我们
交流空间
内心多一份喜悦
也多一份挂牵
仿佛你就在
隔壁
又好像我们
面对面
透过斑斓的
文字图片
时时想起你的
昔日容颜
我们无所不谈

古今中外
地北天南
遇到的烦恼
在闲聊中释然

这里是友情的
加油站
是相知相助的
港湾

爱情遐思

橘子熟了的故事

后山有个
橘子红了的故事
你我站在
青枝绿叶的橘树边
静静编织
橘色的浪漫
犹如收获时节
那般甘甜

至今能想起
那片橘园
如画一般鲜艳
丝一般缠绵
轻轻抖落

岁月的枯叶
橘树下的
故事不遥远

思念寄予海鸥

你那温馨的
回眸
打湿我记忆的
码头
潮起潮落的
海螺
吹醒了曾经的
拥有

岸上
复活的脚印
目送
远去的归舟
往昔

在海浪中翻卷
隐逸
曾经的祈求
落寞在
窗前结网
我与你的故事
已酿成老酒
你说你
深知情为何物
我问我
此生何求

那一年的桃花园

那年春天
我去了郊外桃园
那里的桃花
很烂漫
你绸缎般的长发
在轻风中飘荡
闪烁桃花间
你的笑颜和那
多情的回眸
拨动了我的心弦
那楚楚身姿
渐行渐远
桃花碧草装点着
你的世界

我永远记住了
那年的春天

每年那时节
我都要去桃园
可惜无缘
和你再相见
就这样
经过许多年
刻进皱纹的记忆
仍依稀浮现
岁月的年轮吸入
华发苍颜
我还记得
那天的画面
你的长发
在思念中飘闪
有你的桃园
已成永远

今年我又来到

那桃园
桃花烂漫
映衬着蓝天
微闭双目
享受桃花的芬芳
睁开眼时看见
你在面前
你说你每年
都来桃园
只是我们错过了
结缘的时间
你可记得
每年的那一天
有一个青年
在桃园默默流连

明年我还要
去桃园
那里桃花依旧
很烂漫

还　俗

庭院深深的寺庵
香火缭绕在菩萨樽前
她跪在拜垫上，闭目合十
长发顺垂，眉目好看
失恋的打击
她意冷心灰，俱灭万念
他摘下眼镜望着她
心中掀起了波澜

她剃度出家，念珠祷告
无忧无欲无挂无牵
灰色僧服遮住曾经的靓丽
心如止水，心逸似仙
他常来寺庵烧香拜佛

不论是雨天还是雪天
内心别无所求
只求能多看她一眼
那年冬天他上山
为救轻生少女摔断腿
落了残疾步履蹒跚
但他依然拄着拐杖去寺庵
只是不敢再看她一眼
默默祷告她和所有人平安
被救少女知晓了他的经历
她告诉了她，他的心愿

那天他又去了寺庵
她一身还俗装束等在门前
那灿烂的笑容让他不知所措
憨厚的神态令她心里舒坦
他需要她的帮助
不管他情愿还是不情愿
她搀扶着他慢慢下山
她要和他走完今生尘缘

承诺

为了一个承诺
你离开喧闹的酒馆
离开拥挤浮躁的城市
你走了很远很远
一直走到那片青青草原
牛羊肥壮了你纤细的腰肢
阳光染黑细润的容颜
你习惯了混沌的奶茶
习惯了吸吮露珠的香甜
在白云中放飞自由
手持金色套马杆
与挚诚的牧民神交
歌声悠扬的蓝天下
羊群如雪白的花朵

在草原开成一片一片

为了你的承诺
我走进你的草原
抖落钢筋水泥的压抑
筋骨开始活泛
激情如野马脱缰
踏破心中老茧
握住你粗糙的手
接上了风筝的断线
在你如火的双眸
我没找到预料的遗憾
面对风吹雨淋般的艰辛
你微笑得那样坦然
吻你微红的脸颊
拥你入眠
我听到星星私语
梦见心中红颜

为了你为我的承诺
我永远走进你的草原

明信片

我知道你对我的爱恋
你也知道我对你的好感
我们彼此很少说话
见面只是简单的寒暄
我不知道你毕业后的去向
你却总能找到我的地点
每年的元旦之前
会收到你寄来的明信片
没有留下具体地址
只能从邮戳上做判断
明信片的背面
只写了简短的祝福语言
我都会在下面写一首短诗
写上与日俱增的思念

你年年都是如此
我年年都会有所期盼

你说寄到第36张的时候
我们会在那年见面
等到见面的那一天
我给你朗诵那些诗篇

不再有你的背影

落魄的那年去看你
那年的初冬不是很冷
树木只剩下空空的枝条
路面还没有结冰
见面　寒暄　冷冷的面容
我恍惚了我们的爱情
我知道我们此后的距离
你就这样走了
你的背影渐渐远去
没回头再看上我一眼
在心里默默说再见
我把给你写的信送进风里
在此后的睡梦中
不会再有你的背影

雨中的那天

那一年的夏天
我们在中央大街见面
街上飘着酥酥小雨
蓝色小伞下是你粉红衣衫
你紧紧依偎着我的臂膀
体香芬芳，我心微颤

我们用青春敲打每一块方石
享受着温馨的相依相伴
身边多彩的雨伞成为背景
希望这雨中的大街伸展到永远

吻你暖暖的双唇
就如同吻着炽烈的夏天

你说不需要海枯石烂的誓言
只把美好的爱种进心田
无论终身相伴还是天各一边
我们曾拥有真爱的瞬间

忘情水

曾经喝了忘情的井水
斩不断的思念
背叛尘封的记忆
才下眉头又上心头

曾经喝了忘情的井水
干枯的老树又发出新芽
步履蹒跚的季节
时时想起心中的枫叶

曾经喝过忘情的井水
片片雪花撒落冰凉的感伤
在执着的命运里
总想起这忘情的井水

我都不记得了

她打来电话，他能感到
对方熔化手机的温度
她说还记得
你来看我的那个飘雪初冬吗
他说我都不记得了

那年他很久没有她的音讯
他翻山越岭
穿越千里去看她
他们在饭店相视而坐
她看他疲惫窘迫的样子
表情似窗上的冰凌
他明白这桌子的宽度是边界
像两个国家永远的距离

他们默默吃饭
他喝了酒
她没有喝
他送她到门外
她窈窕的身姿依然妩媚
他望着她远去的背影
那背影直到消失也没回望一下
他知道他心里的那堆
为她燃起的篝火渐渐熄灭了

他告诉她这些
他说我都不记得了

分　手

在才华成为
独特魅力的时候
你说很幸福
与我同舟
世俗的硫酸
很耐心地泛滥
不断侵蚀
我们的心头
不觉中你变了
变得实际而
随波逐流
我瘦弱的肩膀
实在扛不起
你那奢华追求

在才华成为
无稽笑谈的时候
我在你的
抱怨中烦忧
如亡国之君落魄
不停地逃离
直到你
决然与我分手
我是一个
过普通日子的凡人
豁达真诚
是我珍视的锦绣
吃不着葡萄
绝不说葡萄酸
心里充实
就是真正拥有

在才华成为
如烟往事的时候
我看书看报

看足球
到与你常去的
百花园
复习温馨的落寞
再喝点儿小酒

又一次见你已是
二十年以后
你耳环项链
还有名贵的貂裘
彼此相顾
心却是那么陌生遥远
你说常怀恋
与我的那段牵手
我不抱怨与日俱增的
岁月的苦楚
活得要像自己
哪怕人比黄花还瘦

她和他

慢慢地搅着咖啡
一圈一圈
她说别出声
我喜欢咖啡厅的静
她冲他无声地笑
齐白的牙
这纯真的笑容
让他心动
她海蓝色的裙子
很便宜
但很好看
时装不在贵贱
而在于用情
他们谈诗

觉得自由诗更走心
他喜欢北岛
她喜欢舒婷
她说
等我们老了走不动了
我们还有没有
诗一般的天空
他说
等我们老了牙掉光了
我们还会来
这家咖啡厅

搁 浅

真不相信
我寻觅的风帆
在你的港湾深深搁浅
搁浅在明媚的沙滩
你柔情的利剑
斩断了我出征的桅杆
在柔情中施展拳脚
理想在糖衣下成为遥远
我睁开溺水的双眼
张望远方的航线

爱情之源

年轻的时候
以为醉人的爱情
成就于美丽的语言
那魔幻般的词句
将爱情演绎得
悱恻缠绵感地动天
爱情故事
在传说中复活
升腾出醉人的盛筵
那如酒的况味
如诗如画
令人击节长叹

三十年的雪雨风霜

经历了许多坎坷磨难
和爱的苦辣酸甜
终于明白了
真正的爱情
是铭心刻骨的体验
再美的词句
也难以穷尽它的内涵
爱情如春蚕吐丝
会在我们心田作茧

不提从前

我把情窦做成纸鸢
投递到你的窗前
你想你的白马王子
把纸鸢扔在一边
我无法用岁月的丝线
缝合破碎的心田
我小心翼翼把那份情感
流放到记忆的深渊

再见你的时候
已经过了好多年
经历断续的沧海桑田
你才想起我的容颜
那年的荆棘

刺得我好痛好酸
心底的纸鸢
离我竟是那么遥远

曾为你的那般柔情
已成不归的初恋
曾经的滚滚泪珠
无法打湿坚硬的眼帘
失意的无花果
滚落在记忆的海边
搓搓冰冰的手指
不再提及从前

那年夏夜

北极村夏夜
星斗满天
颗颗清晰可见
可以触摸的感觉
熊熊的篝火旁
鄂伦春人在纵情欢唱
歌声中透出苍凉
素不相识的游人手拉手
围着篝火载舞载歌
轻轻牵着你的手
你深情的眼眸
比天上的星星晶莹纯澈
你那窈窕倩影和细润面容
似北极童话的仙女下凡

这情景成为永恒画面
像一枚枫叶嵌进记忆顶端
每逢夏季仰望星空
就会想起那夜篝火的阑珊

另一种心声

你说我们初次
相见在桥的西边
而我记得
是在桥的东端
两人都说记得很清楚
我们初次的见面
确实和桥有关

许多年过去了
你很少提及从前
我们共同喜欢的书
你如今看也不看
还说太陈旧了
我出差时被你扔掉

在垃圾箱没找到
我又买了同样的一本

你说你脸上
没有一点皱纹
皮肤还嫩得年轻
怎么不敏感了
我说皮肤是
用感情织就的
感情在时纤丝顿觉
你说是不是这样

我写首爱情诗
朗诵给你听
你边听边看电视
我认真读完了
没见你瞧我一眼
仍在不断换台
我心里涌出
另一种诗的声音

感悟先贤

孔子的功名

不朽的欲望
在竹简中繁衍
列国风尘
卷不走功名的长衫

乱世的喧嚣
袭击着思考的肝胆
述而不作的气度
点燃弟子崇拜的脸

论语之剑后世生风
穿越历史的残垣
给圣贤戴上飞翔的脚镣
威望在口碑里作茧

默想老聃

周王室图书馆光线昏暗
老聃坐在草榻上打盹
手中简牍慢慢滑落
碰翻了身边空空铜钵
纠结于道可道的人生困惑
斟酌着表情达意的字句

我在茶馆看《老子》
他在深奥章节里神秘微笑
大道至简大象无形大音希声
水为何利万物而不争
淡泊心宽为何要逐利成名
沉浮得失尽在苦茗中

李后主的愁

你是好词人好夫君
却不是没落时代的好帝王
兵临城下之际
你正导演盛世歌舞
后庭之花在刀光剑影中凋落
从此在囹圄里呜咽长啼

亡国的苦痛如绵密的针刺
折磨着你那薄如蝉翼的心肌
脆弱的运命在油锅里翻卷
国仇家恨奈何奈何
残喘的尊严别是一番滋味
愁肠寸断往事成空

你不是好君王却是好词人
写尽了人间极致的伤楚
你发挥了专长却生错了时代
这是后人的幸运又是你的悲哀

你比君王活得长久
因为你在诗篇里不朽

白乐天

没有谁比他更亲民
给老媪读诗
移船载酒琵琶行
与贾人妇互诉衷肠
看卖炭翁心恸
观农人刈麦好苦悲
长恨歌里叹昏庸
天谴人怨江山翻动
原上离草忆枯荣
今愁古恨尽入丝竹
士之志民本洗心
春燕飞掠西湖白堤

感受杜甫

祖荫的荣耀
未能庇护你的运命
一生奔波
不断在苦痛中喘息
以你的性格
在仕途上只能饱受折磨
如果你不生错了时代
哪有史诗般的收获
国运惨淡中山河破碎
三吏横行的世道何止有三别
还是炼词觅句吧
诉说人间坎坷苦难
总是疾恶如仇
把诗情埋进历史的脚窝
语不惊人誓死不休
诗圣壮丽了故国山河

王维的禅意

到辋川到幽篁里
品茗
杯是陶制的
茶是苦的

月光挤过竹林
斑驳地洒满覆着青苔的泉石
空翠的山涧
鸟鸣过后
你能听到树叶折断的声音

轻抚古琴流溢悠悠韵律
香炉顶出袅袅白烟
竹席爽滑
怀恋着青绿
你能感到桌上月光的重量

李商隐的情愁

我知道你
铭心刻骨的爱情
在这个年代
逐渐绝版
只有时时擦亮
感觉的电路
方能体会
你如诗如酒的情愁

你诗意朦胧
映衬朦胧的月夜
形单影只
剪下窗前的泪烛
镜中霜鬓

无奈昨夜星辰
喟叹
雨中的遥遥归期
寂寞的思念
每每枉然
晨钟暮鼓震颤
心有灵犀
佳人的回眸
又能向谁诉说
古今尽是
晓风残月的纠结

东坡咏叹

春江水暖
映透眉山修竹
古井旁的黄荆树
拂煦你潇洒的长髯
你想指点江山

飞鸿踏雪
你踌躇满志出川
回望故乡知否
此生是踏不尽的沟坎
谁是谁的地天

花褪残红
千里江山寻遍

身似不系之舟漂转
豁达风生水起处
诗酒无愧华年

大江东去
才情滔滔喷涌
佳作不择地而出
古今惊艳
何人出其右肩

灯下静读秦少游

把一生落寞的感伤
温柔地拉成蚕丝模样
莹莹丝线
根根都有
情的质感
愁的分量
东坡的学霸级门生
也拗不过蹇屈的仕场

冰澌溶泄
重来世事堪嗟
金风玉露
韶华也不为少年停歇
柔情似水

如梦佳期总难拜谒

少游不必遗憾
那千古情愁词章
平抚同道多少心绪
唤起几多兴叹

隔代梦窗

驻足苏州河畔望着
在脉脉河水荡桨的舟楫
酒家袅袅的歌声
把心打得柔柔弱弱的

吴侬软语似丝竹
可是梦窗的隔代述说
苏州河流淌了千年
没有送走你的一寸柔情
秋千依旧闲挂着弯月
苔生幽阶上花落情更浓

静心感觉梦窗的词境
只当料峭春寒中酒
纤手香凝落絮轻无声
清风陪伴往事飘动

吴兆骞的雪世界

宁古塔的冬天是寒冷的
北风呼啸
大雪纷飞
江南才子吴兆骞在泥草房烤火
回味苏州烟雨
丝管青竹
南闱科场案改变了他的命运
在蛮荒之地打发漫长时光

二十三载流放生涯痛并快乐着
滋养了他那寒地黑土的情怀
采山珍挖野菜赏冰花
做家庭教师
开设启蒙私塾

登长白山
游镜泊湖
领略塞北风光的苍凉壮美
漫漫冬日
与同道围炉絮语
羌管胡笳
煮酒诗话
根植于东北的沃土
寄情白山黑水
苦中有甘
他成为清代卓著的边塞诗人
诗风慷慨悲凉
格调异常高古

纳兰性德的搭救
皇家法外开恩
还乡
吴兆骞已难服南国水土
怀恋北疆的冰天雪地
临终前只想喝碗松茸汤

致徐志摩

最后的屏障被你软化
你牵着我的经络
悲哀里压出含泪的笑
使我惆怅复惆怅
再别康桥轻轻地招手
挥去我许多的欢乐
你深秋的私语
打湿了我的眉梢
伤感在美中寻找知音
无奈在幻梦中流浪
你梳理祖先哀愁
谁与你在神交中唱和

戴望舒的雨巷

读戴望舒的《雨巷》
结识了撑着油纸伞的姑娘
她有丁香一样的颜色
丁香一样的惆怅和芬芳
那幽情幽怨的诗意
让我无限怅惘无限遐想
我也想逢着一位
丁香般的姑娘

我见到了那样的姑娘
在央视春节晚会上
窈窕绰约丁香般芬芳的姑娘
翩然起舞在小城雨巷
淡蓝色旗袍束裹着婀娜蜂腰

姑娘撑着油伞在雨中彷徨
彷徨在粉墙黛瓦下的幽深小巷
如诗如梦水墨画般清爽

在南国柔美婉约的旋律中
身姿绰约的少女们舞姿何其妙曼
扬动着精致的浅蓝色小伞
单人双人三人多人翩翩起舞
眼眸中含着羞涩和淡淡的思恋
时徐时疾的舞步悱恻缠绵
姑娘袅袅远去的背影
带走的可是那美好的企盼

难见这诗画并茂的舞蹈
把《雨巷》演绎得美轮美奂
整个身心陶醉释然了
旋律悠扬婀娜翩跹一唱三叹

难以释怀的感伤和愁怨
可与崎岖中逐梦的人们相伴
期望某一天在雾蒙蒙的江南雨巷
逢着一位惆怅又芬芳的姑娘

巨擘卡夫卡

卡夫卡是寒鸦的意思
给他一生涂上不祥底色
他是忧郁而孤独的
是寂寞的也是绝望的
不知道卡夫卡
天生就是这样的性格
还是由于生活折磨
也许两者都有吧
孤独的人来到孤独的世界
在篱笆林立的荒诞世界里
人们不断地异化着
你我都穿不透彼此的隔膜
只能自己对自己诉说

卡夫卡的经历平淡无奇
敏感的心却历尽坎坷
刚愎自用的父亲专横粗暴
让他心里打战双腿哆嗦

奉命学习不喜欢的法律
不满的情绪在内心撕扯
产生巨大的精神困顿
得了缠绕终身的肺结核
三次订婚三次解约
并不是由于身体羸弱
他无法释放苦闷
还得无奈地憋屈生活

他在奥匈帝国的布拉格
在黄金巷那个角落
那个角落小屋的书桌前
写信写随笔写小说
并不在意所写的美不美
只想表达冥思苦想的结果
以自己的表达方式

排遣忧郁孤独和寂寞

他写饥饿艺术家的异化
写小人物灵与肉的双重压迫
他写变形记写乡村医生
写洞穴写城堡写审判写美国
他的随笔和日记写尽孤独
每幅简笔画寓意都那样深刻
他临终时请朋友勃罗德
将他的全部手稿付诸炉火
感谢勃罗德的背信弃义
我们有幸对卡夫卡了解这么多
其对后世巨擘般的影响
开启现代派文学先河

乔伊斯的执着

用大师中的大师
来褒奖乔伊斯恰如其分
他独辟蹊径开宗立派
成为意识流小说的鼻祖
大师命运都大同小异
都有超越时代的伟大创作
生前却饱受争议和磨难
死后却获得巨大哀荣

乔伊斯体态瘦削
眼镜手杖西装革履
是他标志性元素
一副呆板的绅士派头
视力不佳晚年近乎失明

不妨碍他审视世界的眼光
他很自负也很执着
用新的思路进行创作
都柏林人的苦闷麻木
被他写得入木三分
一个青年艺术家的画像
是作家早年奔波写照
尤利西斯写尽爱尔兰苦痛
意识流写法不被文学界认同
这部传世佳作命运多舛
名列20世纪著名禁书之首

芬尼根守灵夜晦涩深奥
让很多文化大家望而生畏
乔伊斯傲视世俗的评判
依然我行我素
霹雳命运的蹇程
守望着那颗初心

萨特的良知

拒绝接受诺贝尔文学奖
萨特的行为后人无法效仿
拒绝来自官方的荣誉
终生践行着绝对自由主张
了解萨特一生的履历
方知为何他是法兰西榜样

他其貌不扬个头矮小
却装着一颗伟大的灵魂
左眼失明右眼弱视
却写出巨量哲学文学作品
这需要克服许多困苦
需要强大的毅力和信心

他是卓越的哲学家
其存在主义哲学
对后世产生巨大影响
他又是优秀的文学家
其戏剧小说和文艺评论
赢得无数崇拜和赞扬
他还是著名的社会活动家
关注全球重大历史事件
发出正义声音表明正义立场

或许再过几个世纪
许多风流人物烟消云灭
史书上还会提及萨特
和他那瘦弱坚毅的身影

庞德与地铁车站

法国巴黎一九一一年的某一天
庞德走出巴黎地铁的协约站
人潮滚动中时显张张好看的脸
给灰暗单调的世界带来惊艳
在这稍纵即逝的瞬间
敏感的意象派大师被悄然震撼

那震撼可意会不可言传
他对写下的诗作始终不满
为表情达意他反复改删
受启于中国古诗意韵及日本和歌的短
不用浓彩而用许多颜色斑点
找到象征符号来契合文字与寓意
写出影响深远的意象派扛鼎诗篇

格局很大诗句很短
让人百读不厌

此诗译本很多
我也做一下语言转换
《在一个地铁车站》
这些面孔魅影般
在人潮中时隐时现
湿湿的黑黑的
枝干上片片花瓣

马尔克斯的孤独

马尔克斯笔下的孤独
是拉丁美洲的孤独
也是每个人内心的孤独
人类与生俱来的孤独

百年孤独中那个家族
在孤独中挣扎异化消亡
霍乱时期的爱情
在孤独中守候希望
迷宫中的将军
拥有绝对权力依然神伤
没有人给上校写信
那对夫妇在饥饿中彷徨
在苦妓回忆录里

无耻老人找回了善良
他把魔幻现实主义
演绎得淋漓酣畅
享受马尔克斯笔下
那醇厚似酒的孤独怅惘

无根的昆德拉

法籍捷克人昆德拉
以其不能承受的生命之轻
三十年前登陆中国
引起意想不到的轰动
媚俗的字眼很诱人
在书刊在文化圈横行
后来他还有生活在别处
有告别圆舞曲等等
独特的叙述技巧耐人寻味
中国人对他情有独钟

墙里开花墙外香
捷克人对昆德拉颇为冷落
他是离了根的捷克人

只写国人过去苦涩
我更喜欢他的同胞赫拉巴尔
那接地气又走心的小说

昆德拉的优秀作品
出国前就已构思稳妥
自傲又吃老本的昆德拉
后来的作品并不出色
失去故乡滋养的创作
就如断线风筝失去着落

硬汉海明威

身材高大魁梧
面容冷峻
这是海明威
经典的硬汉形象
多次参战
几次受重伤
给其履历涂上
传奇色彩
内心镌刻着
时代创伤
迷惘的一代
在迷惘中挣扎
可以被消灭
却不能被打败

他被誉为美国
民族精神的丰碑
诺奖作家贝娄
这样评价海明威
孤高自许
目下无尘

在文学大师中
海明威独树一帜
新闻体式小说创作
引领风骚
冰山原则
简约风格
对后世作家
影响深远
在异乡
太阳照常升起
在我们的时代里
永别了武器
拳击家
非洲的青山

丧钟为谁而鸣
老人与海
演绎野性与勇敢的
硬汉形象以及
灵光闪逝的精神

难忍孤独
难忍苦痛折磨
他向自己的头颅
扣动扳机
消灭了自己
沉重的肉身
不知他有没有
打败自己
文学硬汉如铁
易折易断
心底里掩藏着
致命的脆弱

叶赛宁与邓肯

田园诗人叶赛宁
有一双忧郁可人的眼睛
俄罗斯大地神奇风物
幻化出纯净感伤的诗情
他是林间夜莺
吟唱心中的自由天空

邓肯的舞蹈舒展飘逸
律动着古希腊女神的影踪
颠覆芭蕾的现代舞之母
人间舞台上最靓丽的风景
展翅翱翔的自由灵魂
可在寻觅林中夜莺的心声

女神与夜莺相识相拥
点燃激情的火种
两颗自由灵魂的羁绊
一场错爱的痴梦

分手后的自由带着哀痛
谁对谁更情有独钟
邓肯的自传很奇怪
只字没提这段感情
是叶赛宁更爱邓肯
还是邓肯更爱叶赛宁
女神与夜莺何以劳燕分飞
演绎一段爱情的悲鸣

域外风物

凯旋门咏叹

汇聚

是谁让这标榜功德的宏魄建筑
来展示一个人和一个民族的骄傲
这为旷世奇才拿破仑建造
拿破仑未能剪彩的不朽之门
记述了几多辛酸几多豪壮
承载着多少沧桑多少屈辱多少荣耀

高五十米宽四十五米
巍峨耸立在巴黎市区轴心
没有城墙四面透风伟大之门
通过地球围绕太阳般的
十二条气派的大街向外透析着

多少门里门外的永恒传奇

汇聚吧
法兰西的浮躁与盛宴
汇聚吧
四面八方投来的响箭
汇聚吧
千千万万朝圣者的容颜

来吧
带着剪不断理还乱的情感
来吧
带着你的佳人扬着你的风帆
来吧
带着你盛满希望的空碗

功过

是不是谁都有权利
评判历史的对错
是不是谁都有资格

打磨凯旋门下的石板
是不是谁都有梦想
在凯旋门楣刻上徽章

凯旋门你这没有门板的永恒之门
注目的人们没有忘记的存在
你那车轮般辐射的气派
击沉了多少懦夫的匍匐情怀
你肌肤上传世的雕塑
记述了多少英雄难遣的无奈

凯旋门
没有人性枷锁的雄壮之门
想战争未经战争的将士
摆上擂台拿起无形的刀枪
请在这里
展开精神的阅兵

千秋的功过千载的风霜
凯旋门激昂的音符
震颤了多少欺世盗名者的恐慌

沙地上写满的正史
在风中雨中岁月中飞扬

诉说

生命的杯盘
盛不满历史的水墨
凯旋的大门
透不全人生的风雨
时代的烤箱
蒸腾不尽成败的烟云

别见笑
比你更短的历史在歌颂历史
别见笑
屡战屡败的将军在讲述虚无的辉煌
别见笑
搬弄是非的小丑在你身躯上涂鸦

太累了该歇歇了
请把冰与火成与败相掺

太累了该歇歇了
请伸展你卑微弯曲的腰杆
太累了该歇歇了
收起你王者生硬的笑容

给我一杯塞纳河的水酒
给我一腔埃菲尔铁塔的气势
给我一个蒙娜丽莎的微笑
给我一怀巴黎圣母院敲钟人的祈祷
我再写一个成功的故事
向拿破仑的凯旋门默默诉说

巴黎塞纳河联想

欣赏塞尚印象画
曾经的塞纳河又在眼前
纵贯巴黎的这条河
是一幅流动的历史长卷

路过埃菲尔铁塔
看到退伍军人荣军院
穿过亚历山大三世大桥
看到奥赛美术馆
掠过宁静的协和广场
看到巴黎圣母院
右岸是大小皇宫卢浮宫
左岸是杜伊勒里花园

奢华淫逸的路易十六
在断头时做何感想
是否想着拜倒的石榴裙
是否还留恋荣华时光
雨果的《巴黎圣母院》里
有真善美与假恶丑的尖锐较量
艾丝美拉达香消的丧钟
被卡西莫多在绝望中敲响

兵败滑铁卢的拿破仑
可忆起河边指点江山的模样
乱云飞渡世道沧桑
往事尽随塞纳河寂寂流淌

沧桑威尼斯

偷来的神圣
转换了城市信仰
终日与水为伴
潮湿在楼宇间扩张

钱币凝缩成枷锁
困住商人仅有的善良
总督私下倒卖荣耀
诱惑侵蚀着月光

圣马可广场咖啡屋里
莫泊桑的思绪飞扬
贡多拉在运河里招摇
叹息桥上好心伤

不堪重负的地基
在岁月中缓缓沉降
圣徒在残垣里不断追寻
凸凹石板写满了沧桑

罗马散曲

早知道罗马不是一天建成的
2500年的历程写满悲壮
早知道有许多条大路通罗马
夹杂着朝圣者的匆匆目光

追寻派克和赫本的足迹
游荡在罗马城的大街小巷
在古老砖石查探曾经的传奇
哲人文人书写的那段篇章

角斗士无冤无仇有怨有悔
为短暂生存厮杀在斗兽场上
看客们为残忍的暴行疯狂喝彩
任凭年轻的生命断续消亡

这是人间最无情的游戏
走进斗兽场你会愤懑满腔

哈良德皇帝为葬身建造的天使城堡
在时间长河里不断改朝换代
从碉堡到监狱到教皇宫殿再到博物馆
天使桥上的天使见证城堡的兴衰
作家丹·布朗寻觅城堡秘闻
兰登携手女友在此把凶残的强敌打败

各路神仙逃离万神殿
罗马教皇变成唯一主宰
画家拉斐尔沐浴恩泽
天窗考量着圣与俗的往来

凯旋门不见了凯旋之师
古罗马广场到处是断壁残垣
真理之口没有咬住说谎者的手
许愿池会否让许愿灵验

最喜欢那西班牙广场

让我真切感到人世间温暖
大台阶上撒满了故事
仿佛听到赫本与派克的会心交谈

彷徨在古代和现实的节点
一个空字飞至眼前

维也纳印象

管风琴烤干
天边音符
五线谱在回忆
飘零的落叶
追逐着
大师们凝神喘息
喝一杯红酒吧
滋润弹奏的手指
抖落滚滚红尘
以无形的笔写意
将激情融入岁月旋律
从细胞中挑剔灵感
交响的冲击波
是你永远的标记

科隆大教堂

那年我去了科隆大教堂
在美丽的莱茵河畔
战后生长的建筑丛林
将教堂层层围困着
想拍一张全景找不到角度
它只适合用目光来朝拜

六百多年的铸就
完工时他已满身苍颜
哥特式的双塔
擎托着信徒的祈祷
你能走上五百零九级台阶吗
看一看世上最大的铜钟
肃穆的钟声响起

奏出中世纪的挽歌

教堂那不老的传奇
点燃舒曼大师的灵感
柔缓而清澈的莱茵河
回荡着交响曲的韵律

坏小子马拉多纳

生错了国度
是球星的悲哀
马拉多纳
却如此幸运
他用双脚踢出了
传奇人生
成为阿根廷人
心中的昆仑
他探戈般
娴熟的脚法
在足球世界里
风云叱咤
以一己之力助球队
夺冠世界杯

天下足球
为其马首是瞻
他也是足坛坏小子
天使与魔鬼
集于一身
吸毒酗酒偷漏税
风流韵事不断
上帝之手与
世纪进球并存
管得住腿管不住口
满嘴跑舌头
爱出风头做事高调
常见花边新闻
有了他的世界足坛
不再寂寞
潘帕斯民众仍
捧其为伟人
大千世界就是
这么奇怪这么无奈
只要喜欢你
是鬼也会变成神

阿根廷探戈

去过潘帕斯草原
领略过阿根廷探戈
诠释拉丁美洲的孤独
莫过于探戈舞者

身体紧绷紧贴
旋律把内心激活
忧郁的眼眸左右闪动
步调轻快旋转腾挪
阿根廷人的激情与无奈
融于这深沉的探戈
用心与命运角力
用情演绎人生的坎坷

贝隆夫人以美丽和善良

倾听底层的述说
博尔赫斯的魔幻之笔
在交叉小径里穿梭
马拉多纳双脚踢出传奇
民众纵情为之放歌

探戈是潘帕斯雄鹰的
灵魂翱翔之舞
是阿根廷的文化标致
也是民族精华的凝缩
只有足球与之媲美
足球是绿茵场上的探戈

利马，无雨之城

中心广场

西班牙海盗
背信弃义
绞杀了诚善愚钝的印加帝国
太平洋西岸沙漠绿洲之上
建造起一座殖民之城
印加人的踪迹
渐渐地消失在异族教堂角落
冒险家的雕像
耀武扬威
伫立在老城区中心广场
鸠占鹊巢
土著人眼神愤怒

让征服者战战兢兢
他们仅有的胆量
至今龟缩在
总统府旁的装甲车里
西方冒险家的野蛮行径
给印加人造成永恒的内伤
中心广场为何称作兵器广场
崇尚强权就能长治久安吗
这里喷泉草木依旧
似乎缺少了几分愉悦祥和
真心期望橄榄花环替代刀枪
和平鸽在广场上无忧飞翔

黄金博物馆

失落的印加历史
在这里
通过黄金物件顽强复活
古老的文明
镌刻在金质的
皇冠铠甲面具耳环项链上

这里展示的不是黄金的重量
是印加人金质文化和金子般的心
堪比古埃及人的想象力
堪比华夏民族的智慧创造
然而
文明越灿烂就越脆弱
就像印加人缺乏免疫力
西方野蛮人的暴行
捣毁了美洲的古老文明
每一件黄金饰物都在默默诉说
人类是不是还需要丛林法则

爱情公园

无雨之城几乎无雨
城内四季却草木青青
陡峭海岸上那个爱情公园
浓缩了人间如诗的浪漫

坐一坐高迪风格的彩色长椅
走一走黄沙铺就的弯曲小路

面朝大海，春暖花开
领略绿草和鲜花装点的画卷
男女相拥卧吻的巨型雕塑
在公园中央格外醒目
泥土般的颜色泥土一样朴素
抒发着地久天长的情感

科帕海滩晴日

里约最好的去处不是基督山
而是科帕卡巴纳海滩
在海滩旁大西洋大道慢慢游走
领略着人间天堂般的画卷
沙滩上几乎赤裸的错落的人群
不分男女老幼不分高低贵贱
闪动亚当夏娃时代一样的笑容
人们享受着蓝天碧海白沙滩

一群桑巴舞女在踏浪嬉戏
蜕去盛装丰乳肥臀青春娇艳
几位头发斑白的老媪投来羡慕眼神
许是想起她们激情的当年
双双情侣在水中忘我地拥吻

一对对老夫妇手挽手在伞下聊天
踢足球的小伙子们满场奔跑
打排球的男女尽情地呼喊
“滚石乐队”石破天惊演唱
把沙滩上百万观众的心火点燃

采菊东篱下
悠然望南山
忘记忧愁丢却烦恼摒弃贪婪
圣人的哲思变得苍白无力
功名利禄有如沙砾般淡然
如果你患得患失不如意
就来科帕卡巴纳海滩转转
我们赤条条来赤条条去
何不让自由的心翱翔蓝天

纽约变奏曲

一

把你恨的人送到纽约吧
这里是地狱
把你爱的人也送来吧
这里是天堂
这里时时上演着成功与失败的悲喜剧
纽约这个大苹果谁都想尝一尝

二

一个船形的北美小半岛
风景宜人风吹草低见牛羊
头插羽灵手持弓箭的印第安人

在此生生不息优哉游哉
善做投机生意的荷兰人来了
获得土地的成本极低像是在抢
曼哈顿本意就是“我们受骗的地方”
土著居民从此失去了自由的天堂
英国人兵不血刃送走了荷兰人
美国人又把他们赶出大西洋

三

纽约发展进入神奇的快车道
城区变迁像蒙太奇电影的快闪
高楼林立道路纵横店铺密布
曼哈顿从此变为冒险家的乐园
汇集了世界大量财富和各路商业精英
华尔街成了全球经济增长的启动点
金融中心经济帝国诸多桂冠当之无愧
华尔街感冒全世界都跟着惊颤
成也萧何败也萧何的曼哈顿
总是充当全球经济危机的凶蛮

四

纽约是淘金者有产者购物者的天堂
你生存在你的领域无人顾及你的感受
纽约火车站高大的穹顶把过客衬托得很小
肃穆的旅客下车上车赶集一般步履匆匆
大街上奔波的行人表情各异想着心事
流浪艺人的街头表演行人只是偶尔回头
时代广场是现实生活的艺术画廊
夜幕下巨大电子屏幕的广告喋喋不休
这是世界最具特色最精彩的景观
色彩缤纷眼花缭乱争奇斗艳令你头晕
奢侈品汇聚的第五大道在雨中灯光旖旎
昂贵衣裙高价手表天价钻石应有尽有
这是让平民却步让富人满足的大道
商店里的物品你只能用眼瞅一瞅

五

想起华夏与美利坚有关的往事
中国官方代表在纽约的首次表演
想起日薄西山风雨飘摇的大清帝国

李鸿章大人的访美依然气派非凡
光厨师就带了二十几位因为吃不惯西餐
瘦死的骆驼比马大洋人面前要长脸
美国以弟对哥的身份接待大辫子团队
夹道欢迎的纽约人足有几十万
当年的小弟变成独霸世界的大哥大
如今看到的是他们那盛气凌人的傲慢
911事件世贸中心两座大楼陨落
预示着四处树敌的霸权是多么的危险

六

这里有世界最知名最好的博物馆
大都会馆现代艺术馆顶级收藏十分抢眼
下西城区咖啡馆里的艺术家聚眉沉思
像是在寻找新灵感让创作更加惊艳
百老汇大道上音乐厅歌舞剧院鳞次栉比
聚集了当今著名的剧目和优秀的演员
这里夜夜歌舞经典演出长盛不衰
狮子王西贡小姐悲惨世界好心酸
没有最好只有更好人生有涯艺无涯

愿这世界艺术殿堂总把艺术天才成全

七

还是看看半岛最南端荷兰人的炮台吧
英国人不战而屈人之兵使之成摆设
哈德逊河水默默目睹了曼哈顿的变迁
历史就是历史任后人不断品论评说
站在游船甲板回望曼哈顿别是一番景色
摩天大厦密集像积木组成的童话王国
哈德逊河口贝德罗岛上自由女神像
高举火炬呵护着追梦的人们来回奔波

好山秀水

周庄速写

依依垂柳下
粉墙黛瓦
小桥流水人家
周庄如画
雨中坐在茶楼
看双桥
人头攒动
最累的要数
街上石板
被无数脚拍打
穿行的乌篷船
依稀可见
水乡的风致
沈家套宅很内敛

像个储蓄罐
口是小的
叶楚伧故居太吵嚷
搅扰了这位
民国遗老心绪
戴诗人若是在此
会否还有
温润静美的诗意

在宏村安家

在月沼里
投一枚硬币
许一个小小心愿
不想卧虎藏龙
只想在此安度余年
在桃园居安家
一箪食一豆羹一壶茶
看汪氏宗祠家训
观池塘荷花
到敦厚堂闭目养性
在白果树下作画
吟诗雨巷中
垂钓南湖望桑麻
多情别笑我
不只是
梦中的诗画

乌镇的热

这里房屋老旧
老旧得
犹如老奶奶脸上
密布的皱纹
一扇扇黑黢黢的
木门木窗
浸满了
洗不净的沧桑
闷热笼罩着街巷
像跑过马拉松
那样疲惫
鸡狗躺在阴影里
喘息
宁静中溢出

忧伤

乌篷船在河道
缓缓而行
碧水荡起
懒懒的波纹
时光的那只
困倦的手
拽着我在深巷
走走停停
闲逸掉进古井
谁偷走了
我的好心情

青城山之幽

幽幽青城山
浓浓绿色
如经典一样厚重
树木深浅交错
像鳞片
层层叠叠覆满山坡
朗照的日光
被稀释
像月光那样清淡
淙淙溪泉
山中鸟鸣
湿露沁润花草藤蔓
林间石板小路曲曲折折
向宫阁道观幽邃延展

古琴的苍茫旋律
将擀毡似的忧虑拆散
幽深幽寂的青城山
铺满禅意的悟道之山

黄山不遗憾

黄山云海出名
我并不想看
想看看黄山清晰面目
想观望绵延秀美的峰峦
还想欣赏虬奇的松柏

去了黄山很遗憾
好运气卡在石缝中
茫茫云海磅礴而壮观
黄山缥缈犹如海市蜃楼
寻不到徐霞客脚印
看不见炼丹道士背影
听不清太白的赞叹
望不着弘仁的幽雅画卷

缥缈的云雾中隐逸着
奇松怪石清泉庙宇和道观

算作人生一段插曲吧
黄山归来还想再看山

西湖道不尽

找不出哪一池湖水
比西湖更有丰厚的内容
承载了那么多故事和传说
印记了那么多名家行踪

白娘子和许仙携手在断桥
演绎了悱恻千古的浪漫爱情
西泠桥下殒命的苏小小
可听见鲍仁书生的感恩哭声

白居易白堤上信马由缰
湖东绿柳掩映着孤山贾亭
苏东坡苏堤旁举酒赏月
爱西湖像爱西施般情有独钟

杨万里眼中的荷花那样美
湖畔歌舞醺醉了失意的林升

平湖秋月伴南屏晚钟
融进黄宾虹的时代画风
三潭印月与柳浪闻莺
激发潘天寿的创作激情
西泠印社琳琅满目的篆刻
绵延着华夏文脉的传承

遥看烟雨中的楼船画舫
近观婀娜垂柳和华盖梧桐
在望湖楼理一理思绪歇一歇脚
赏的是美景参悟的是人生

阳朔西街的夜晚

现代人心累
疲于奔波
像个装卸工
把压力扛来扛去
不知哪天的什么
会成为压垮
你的最后一根稻草

到阳朔的西街走走吧
最好在灯光旖旎的夜晚
找一家小餐馆落座
喝杯黄酒
买份过期报纸
随便翻翻

把懒散扫进人流
做街景中不重要的点彩

这里有神奇魔力
像桑拿房
蒸发掉你的压力和烦恼
走入西街
人们表情是相似的
那种无虑无忧的神态
拍打街面的脚步
欢快轻松
问询交谈也是清清淡淡的
阳朔是难得的休憩港湾
祥和氛围让人受用
在西街人与人平和相处
没有利禄功名的角逐
你想涤荡疲惫的身心吗
就来这里
细细品酌

东莞遐想

褪下不夜城的
虚华外衣
并不觉得失宠
重心在转移

细雨抖落乐律
把宁静还给午夜
勿寻曾经时光
蜕变在继续

华为通信的铃声
悄然走心
不仅仅因为是5G
还有垃圾发电

一家人一起吃汤圆
还是从前的味道
没了揪心般的翘首
期待渔帆归航

牡丹江

听南拳妈妈组合演唱
想起家乡牡丹江
那是座群山环抱的小城
江水在市区蜿蜒流淌

智取威虎山故事发生地
杨子荣智擒座山雕的战场
曾经的五合楼
曾经的一排排一片片平房
曾经的军马场
曾经的火车站和太平路两旁
曾经的校舍书店和商场
变成鳞次栉比的楼房
换了容颜变了模样
不变的是绿水青山依旧

不变的是乡愁还有那淡淡感伤

在八女投江雕塑旁驻足仰望
到新建的虹云桥上徜徉
在北山脚下舒展舒展筋骨
到镜泊湖瀑布前拍张纪念像
在横道河子虎园看困兽
到机车库了解中东铁路的百年沧桑
走一走渤海国城墙遗址
揣度一下靺鞨人的当年排场

家乡的土地喂养我长大
思念情结在心中悄然膨胀
最惦念的是母亲和兄弟
还有我儿时伙伴那憨厚脸庞
喝一杯花荷
吃一碗冷面
踢一场足球
在铁一中操场
牡丹江啊
我的牡丹江
魂牵梦绕的美丽家乡

北极村闲笔

北极村
北纬五十三度
甘醇的茅台
和五粮液度数

这里天幽地阔
苍朴静穆
能容纳下
所有人的回声

一百块石头上的
“北”字各异
静卧在岸边
找到北就不会转向

在村里的邮局
给亲友寄张明信片
再到供销社
买一张树皮画做纪念

留个影吧
在华夏的“鸡冠”
在黑龙江畔
满载着北国风情
和北极村童话
回家

中央大街

中央大街
最洋气的步行街
多种欧式建筑
驻扎两边
享誉中外的大街
欧式建筑露天博物馆
古典主义风格的
万国储蓄会
巴洛克风格的
教育书店
折中主义风格的
协和银行
新艺术风格的
马迭尔宾馆

每幢建筑都写满
沧桑的故事
换招牌也换不掉
最初的容颜

路面铺展的面包石
花岗岩的质地
很坚硬也很昂贵
石头与石头
惺惺相惜
似善良的平民
抱团取暖
一千五百米长的
中央大街
一道深情脉脉的
人生风景线

江畔公园

心绪不佳的时候
就到江畔公园走走
对岸的太阳岛绿荫掩映
密匝游人嬉戏在沙洲
在江畔餐厅喝咖啡
闲赏老榆和杨柳
再到江上俱乐部驻足
任江风消解烦忧
心似一叶扁舟
在生活瀚海中漂游
心绪不佳的时候
就到江畔公园走走

伊春红森林

伊春伊春
红松的故乡
曾经人迹罕至
林涛翻卷
浩荡的采伐大军
惊散林中飞鸟
开路架桥
油锯嘶叫板斧叮当
几百年树木
如沉默的羔羊
一排排倒下
流着绿色的血

良知拯救了

我们自己和家园
这片原始森林
幸免于难
全球最多的红松
在此生息着
依然可寻觅到
原生态模样
列维坦笔下画面
俯仰皆是
清新醉人的气息
沁人心脾
走进神秘幽寂的
红松世界
心绪再烦乱
也会在逍遥中平复

静默的呼兰河

能寻出呼兰河发源地
却寻不出发源于哪个时段
地老天荒的时候
它就在寒地黑土上蜿蜒
流经小兴安岭的座座森林
奔流过松嫩腹地繁茂的大平原
河床很浅没有浪花涟漪
平缓的水势默默向前伸展
汛期河水泛滥的时候
辨不出哪儿是河哪儿是岸

这里是满族世代生息之地
达斡尔人赫哲人也出入频繁
尽管动物植物资源丰富

捕鱼狩猎生活仍十分艰难
清朝崛起实现华夏一统
呼兰河成为皇家的不动产

晚清末年到民国年间
闯关东的人民成为一大景观
他们在呼兰河畔安家落户
盖起泥草房升起袅袅炊烟
在肥沃富集的黑土地上
伐木烧荒开垦农田

那个叫萧红的女作家
为呼兰河代言
写出了日寇统治下
芸芸众生的苦难
马伯乐生死场的众生
愚昧穷困表情木然

沐浴着新中国曙光
呼兰河老树发芽换新颜
农民拥有自己的土地

感受当家做主的自豪与尊严
在黑土地上默默耕耘
在勤劳致富路上跃马扬鞭
河的沿岸如今更加秀美
那山那树那金色稻田
怡人乡村绿荫掩映
一派祥和好似天上人间

天赐黑土

北纬四十五度的寒地
千年黑土铺展四方
这片神奇土地
攥一攥流油
闻一闻心畅
绥化
在天赐沃土之上
绥化
上苍赋予吉祥

风调雨顺的黑土地
稻田掀起海一般波浪
数一数耕耘的收获
大米大豆还有五谷杂粮

黑土人实在
实在得像
籽粒饱满的玉米棒
心灵透明
透明得犹如
海伦剪纸的模样
二人转渗入骨髓的唱腔
听得好爽似伏天冲凉
绥化
在天赐沃土之上
绥化
上苍赋予吉祥

向日葵

桌上盘中细长的瓜子
像燃烧后的木炭
曾经的辉煌与灿烂
浓缩在籽粒的馨香中
想起凡·高的向日葵
那孤独倔强的生命之歌

开满田野的向日葵
那金黄色的阵势
壮阔得让人无限感动
向日葵就是为太阳而生的
吸吮着雨露追逐着阳光
它们尽情地释放希望
无怨无悔地蒸腾燃烧着

燃烧成黑色的籽粒
颗颗籽粒是太阳的孩子
定会长成太阳模样

金色的收获

秋天是收获的季节
它的色彩是金黄色的
金灿灿的绥化大地
一派欣喜暖人的景象
这边
苞米枯黄了
把金色的果实挂在腰旁
那边
稻田谷地也枯黄了
把饱满的收获举到头上
鸟儿高兴地欢叫着
在田地里享受上苍的赐赏
庄稼人露出丰收的喜悦
收割机在地里悦耳鸣唱

家家户户忙上忙下
稻谷盛满囤
玉米装满仓
这片肥沃神奇的黑土地
承载着绥化人金色的希望

绥化晨曲

讲一讲绥化的夏天
松嫩平原腹地的这个夏天
这个夏天那舒缓的晨曲
撩起村庄里袅袅炊烟
绿树掩映的城区广场上
舞阵在晨光中像摇荡小船

海伦民居的剪纸窗花
兰西农家院的五彩挂钱
黑陶随二人转的韵律旋转
猛犸象遥叹文明的史前

通肯河两岸绿色麦浪
媲美呼兰河畔的庆安稻田

明水大地低垂的谷穗
笑看肇东苞米挺直的腰杆
雾漫漫的安达草原牛羊成群
寻觅着油田会战时的震撼
柳河五七干校农具苏醒
林枫故居的雏燕起舞翩翩
庙香山里雄浑的钟声
唤起金龟山庄新的一天

勤劳瓷实的绥化人
舒展着善良敦厚的容颜
智慧坚韧的绥化人
在寒地黑土上志酬意满
只争朝夕的绥化人
构筑着逐梦的温馨诗篇

运命吟咏

孤　独

记忆的鼠标不断失控
将我变成永久的慢动作
心在漂浮中老去

失意的月光潜进履历
将受伤的孤独
一次次抹去又还原

先哲在经典中演讲
孤独像橄榄枝
成为沉思的帮凶

岁月的疾风染白黑发
孤独如丧家之犬
时时咬住脆弱的阳光

局　限

二十岁时
我走进柴门
拜访一位隐者
烛光中
他气定神闲
我问他
如何有得意前程
他闭目不语
双手合十
我悟不全其中奥妙

三十年后
我再进柴门
灯光下

他神情依旧
我问他
我现在算不算成功
他闭目不语
双手合十
我似乎悟出了
其中的禅理
也双手合十
闭目不语

未来缥缈
人生世事难料
尽力就好

失　眠

童年时
总是不想睡觉
躺在炕上
回忆白天的趣事
想着想着
就进入梦乡
真羡慕
大人们的失眠
睡不着觉的滋味
一定好玩

成年后
时有难眠的夜
下了眉头的心事

又上心头
入梦的过程
饱受煎熬
辗转又反侧
迷蒙时已近天明
好羡慕纯真的
少儿年景
没有焦虑少有压力
更无失眠的苦恼

时　髦

把传统捣成粉末
在身上涂鸦
招摇的肥臀丰乳
抢夺城市目光
文化血脉不断车裂
变成缤纷的碎片
街角有人在打喷嚏
是谁在感伤

底　仓

时间的硫酸
把生活腐蚀成蛛网
蛛网经纬纵横
凝结着迷蒙时光
瑕疵的碧玉
可是人生模样
十全十美的日子
在想象中生长
世事岂能尽如人愿
求真向善做底仓

时光匆匆

我能够留得住
很多的东西
可就是留不住
那荏苒时光
它推动表盘上的
指针不停奔走
在照片中耐心刻下
岁月的疤痕

转瞬之间
从青丝到华发
曾经的万丈豪情
都被磨钝棱角
随遇而安顺其自然

凭栏遥叹少年
时间好似
缩水的短衣
捉襟见肘

绷不住膨胀的肉身
许多的心愿
在生活中不停地消融
岁月蹉跎中
变成终生的遗憾

根的意识

下南洋的中国人
都要带上一块泥土
思念家乡的时候
拿出看看心里踏实
他们的根在华夏
哪怕走到地角天边

远走他乡的南方人
闯出的世界再大
也抵不过乡愁的诱惑
乡愁是永远的味道
即便依然是茅屋低小
依然是老牛水车
那些有宗祠族谱的人们

根的意识已融入血脉

东北人是移民的群体
在这里生活得再好
也找不到故乡的感觉
他们的心没有扎根
需要几代人的生活
需要几代的文化积淀
才能把乡愁的根
扎在东北的黑土里

我是第四代移民
没有了祖辈老家的概念
这片广袤深厚的沃土
滋养了我不可割舍的情感
寒地黑土就是我的故乡
心怀感恩终老在龙江

哭与笑

每个人都在啼哭声中
来到这个悲喜世界
在坎坷曲折的命运里
时时变换着不同的表情
哭着哭着就笑了
笑着笑着又哭了
你纵声大笑
未必是从心底里发出
并不因为比别人更幸福
你默默哭泣
未必是真的那么难过
并不比别人更不幸
多想痛痛快快地哭一场
多想高高兴兴地笑一次

为什么

为什么有那么多为什么
却找不出到底是为什么

为什么想给你带来快乐
却总是让你烦恼

为什么当年崇拜的偶像
如今却跌落了神坛

为什么过去再努力也做不好
而顺其自然却能如愿

为什么过去对浪费光阴深恶痛绝
现在随波逐流却心安理得

生活是为为什么
也不全是为为什么

太阳的脚步

小时候
太阳的脚步很懒
转身很慢
地上的树影
昏昏欲睡
过年的滋味
太馋人
煎熬的眼神
数钟摆数到厌烦
节前日子很难熬

现在
太阳脚步走得飞快
时光像拆毛衣

一圈圈转眼不见
想做的事太多
时间太有限
有诸多遗憾和
诸多不如愿

人生是一场
单程旅行
过去了
才懂得珍惜
有所醒悟
却已是惘然

生活况味

做人应像荷花那样
不慕牡丹的倾国倾城
恪守品性自然自在

做人应像大葱那样
即使叶黄根烂心却不死
保持顽强的生命意志

做人应像一坛老酒
愈来愈浓厚愈来愈香醇
经得住时间的检验

做人应像一杯好茶
从清淡里品味苦与甘
在禅意中轻看得失

人生下半场

谈谈我们这些
五十多岁的人吧
脚步变慢了
头发也花白了
激荡的青春岁月
渐行渐远

中年是人生
最绚烂的黄金时节
也是完美人生
必不可少的一环
经过人生的风风雨雨
也见过天边彩虹
以自信的淡定从容
演绎华美乐章

人生好比一场
漫长的足球比赛

下半场赛况更精彩
是成败关键的时段
胜负在于意志心态
在于对比赛的深刻认知
即使落后也要坚持
不到最后不言败
奇迹往往发生
在哨声吹响之际

中年以后确实
在走下坡路
但是走下坡路
不是走失败之路
下坡的体验
比上坡更精彩
迎着朝阳踏过山顶
盛着金灿灿收获
享受生命恩赐
踢好人生下半场

灯下静思

情感折价的年月
思考像缭乱的屏幕
那么淡那么浅

曾以调侃的笑
站在李商隐的兰台
解读庄周的梦蝶

锦瑟无弦何叹华年
境界不过是一张旧船票
护送痴情的杜鹃

在网络世界的赌盘上
我们愉快地退化
成为无根无梦的芦苇

冬日月夜

月下的白桦林
现出剪纸的模样
在记忆中寻找
绿色的叶片

失眠的猫头鹰
打量着月光的颜色
它眼中的世界
比我们更有意味

我也辗转反侧
斜眯着墙上的月影
思绪似袅袅炊烟
从心头泛起

庭院禅意

伏天燥热的农家院
石板铺地
葡萄架下的木桌上
放着茶壶茶碗还有柿子黄瓜

我们闭目养神默默不语
不谈鸡豚不话桑麻
听风吹得树叶沙沙作响
想着夏夜池塘的鸣蛙

时空悄然缥缈起来
神游天地间
无牵无挂
心中泛起丝丝怡淡
享受这静中禅画

虚度时光

小时候数着满天星星
想不出许多事情
心里空荡荡的
像一只待装的酒瓶

年轻时仰望满天星星
心中有无限的憧憬
欲望在潜意识里作闹
时光轮盘走得慢慢腾腾

中年华发伴着满天星星
往事像一张张旧票根
堆在喧哗的酒桌上
虚度时光也是一种需要

在中午阳光下

我喜欢周末的中午
无所事事
沐浴着阳光
想起母亲温暖的手

童年光景很纯真
就如我此刻的心情

手中的书像道具
失去了阅读的意义
我想愉快地浪费时光

上山的路很累
我不知道怎样爬过的

翻书的声音很好听
碰伤了某段记忆
盆里的兰花又出新芽

坐在窗前

有一种享受
坐在窗前什么也不想
看看桌上杯里茶叶沉浮
再看看窗外人流穿梭

风轻轻搜刮着你的心事
记忆像书翻到空白处
烦恼如晒干的白菜
轻飘飘只有绿的概念

窗外一对情侣在拌嘴
重复着我在那个年纪的情景
伤痛的履历如尘如烟
失重一般复归平淡

闲来翻书

读某段历史发现
我又走入一条小路
看见
被历史舞台
遗忘的人们
表情木然
他们不会化妆

读某位名人自传
太传奇
需要燃起篝火
烤干那些湿淋淋的真实
看来
记忆可以注水

可以因粉饰而虚构

望着被搅浑的鱼缸
我在书桌前发呆
浑水慢慢清澈起来
我什么也不想写

与书结缘

平生酷爱买书藏书读书
在书房落座
心境怡然
高高书架立满了书
大大小小厚薄不一颜色各异
喜欢旧书那苍朴的样子
也喜欢新书的精美装帧与设计
书架上一排排整齐的书籍
把我的生活足迹理得十分清晰

这本书是少年时买的
那本书前天刚买
为买这本书饿了三天肚子
买那本书跑了城中五家书店

这本书是唐浩明寄来的
那本书有抗抗老师写的赠言
书店是我周末常去驻足的地方
外地出差总要到书店转转

家里的藏书不是摆设
我都陆续读过
阅读数量连我自己都惊诧
夜深人静的时候
在灯下看书
与文人聊天与哲人对话

艾芜的《文学手册》虽然很薄
通过它我知晓的却很多
《红与黑》在架上风化三十多年
仍没淡漠我最初的执着
《托尔斯泰文集》默默不语
依然能感到伟人还在苦苦思索
《百年孤独》排遣不了世代孤独
卢梭在《忏悔录》里自我谴责
《局外人》把局外人绞杀在局内

《悲怆的灵魂》让索大师无法解脱
每本书都是作者用生命铸就
诉说苍茫人生
诉说喜怒哀乐

夜深人静时候
在灯下读书
与文人聊天与哲人对话

番号：一九六三

每个人出生以后必有一个番号
我获得的番号是一九六三
这个番号是命里注定不能更改
番号不决定你命运的好与坏

据说我们团队的人数最多
出生在那个生育高峰时段
没有馒头一日三餐杂粮粗饭
天天疯跑过着快乐的童年

“文革”后有机会走进大学殿堂
教室食堂图书馆三点一线
刻苦求知互帮互助情谊笃厚
看书听讲爱写朦胧诗篇

尽管新思潮新理念不断变幻
爱国报国的志向一如从前
一九六三团队幸运又平凡
乐天知命敢于担当
又处事从容坦然
喜欢普通厌烦露水显山
没出巨星却有出彩的群体表现

无论后人如何评价这个团队
我们秉承前人风范默默奉献
善作善成提升了团队的认知底线
我骄傲我的番号是一九六三

后 记

平素喜欢读书与写作，享受其带来的启迪和愉悦。对于诗歌特别是自由诗，我始终心存敬畏，视为珠玑。诗是心底里发出的旋律，是心尖上的文字，正如《毛诗·大序》所言："诗者，志之所之也；在心为志，发言为诗。"中国是一个懂诗情、有诗意、会抒发的国度，诗歌绵延于中华民族发展的历史长河。尽管世事沧桑，白驹过隙，转眼步入中年的旅程；尽管出发得太久，我仍然记得为什么出发，始终未改那颗挚爱诗歌的初心。

我在大学时开始写诗，至今已有三十余载，深知才疏学浅，诗作愧于示人，闲暇之余，细品慢琢，敝帚自珍，自得其乐。我到绥化工作，这里的风土人情每每让我动容，抑制不住心中涌动的激情，便写了几首诗发于报刊，得到读者的正向回馈，自信心渐渐浮出水面。好友川庆看了我的诗作，认为有一定水准，建议我把以往写的诗整理出来。受川庆的鼓励，我便起早贪黑，翻箱倒柜，四处寻觅，将这些年所写的诗收集起来，编辑成册，取名《红裙和黄衫》。诗集中辑录的115首诗，多为随性而作，有感而发，是我履历中的诗行，映衬着我的成长轨迹，凝缩着我对人生的思量。虽然这些诗在布局谋篇、意境营造和字句锤炼上还略显粗糙，还欠些火候，但我在修改过程中，力求保留这些诗曾经的鲜活模样。

感谢川庆的鼓励和支持，他认真阅读我的诗作，提出一些中肯意见，又不辞辛劳作序，为我们三十多年的友谊留下见证。在本书修改、校对、编辑和出版过程中，得到诸多好友和同事的无私帮助，在此一并致谢。

庄子曰："吾生有涯，而知也无涯。"学无止境、艺无止境。我会继续我的读书与写作的嗜好，继续追求"诗和远方"。

郑建强

2019年2月27日